KB126551

그래도 분홍색으로 질문했다

이인원

1992년 『현대시학』을 통해 시인으로 등단했다.
시집 『마음에 살을 베이다』 『사람아 사랑아』 『빨간 것은 사과』 『궁금함의 정량』
『그래도 분홍색으로 질문했다』를 썼다.
2007년 현대시학작품상을 수상했다.

파란시선 0075 그래도 분홍색으로 질문했다

1판 1쇄 펴낸날 2021년 1월 5일
지은이 이인원
디자인 최선영
인쇄인 (주)두경 정지오
펴낸이 채상우
펴낸곳 (주)함께하는출판그룹파란
등록번호 제2015-000068호
등록일자 2015년 9월 15일
주소 (10387) 경기도 고양시 일산서구 중앙로 1455 대우시티프라자 B1 202호
전화 031-919-4288
팩스 031-919-4287
모바일팩스 0504-441-3439
이메일 bookparan2015@hanmail.net

ⓒ이인원, 2021, printed in Seoul, Korea

ISBN 979-11-87756-88-0 03810

값 10,000원

*이 책 내용의 전부 또는 일부를 재사용하려면 반드시 저작권자와 (주)함께하는출판
그룹파란 양측의 동의를 받아야 합니다.
*잘못된 책은 바꾸어 드립니다.
*지은이와의 협의 하에 인지는 생략합니다.
*이 책의 국립중앙도서관 출판예정도서목록(CIP)은 서지정보유통지원시스템 홈페이지
(http://seoji.nl.go.kr)와 국가자료공동목록시스템(http://www.nl.go.kr/kolisnet)
에서 이용하실 수 있습니다.(CIP 제어번호: CIP2020051053)

그래도 분홍색으로 질문했다

이인원 시집

시인의 말

억센 고함 소리의 뼈

감쪽같이 발골해 내는 에코처럼

한 템포 늦게

시치미 딱 떼며 반문하는 에코처럼

파동이 되어 돌아오지 못한 말들에게

미안하지만, 입 싹 닦기로 했다

차례

시인의 말

제1부

꽃사과를 보러 갔다

꽃을 사칭한 열매를 맺고
열매를 차용한 꽃을 피우며
꽃과 사과 사이를 죽어라 오가는 나무
무서워라,
꽃멀미를 핑계로 그대를 보러 가서
사과꽃과 꽃사과 사이
어정쩡한 나만 만나고 왔네
사람을 사람에 빠지게 만드는
누명 같은 꽃 오명 같은 열매 사이를
아슬아슬 피해 가며
한 알 한 알 붉은 애와 증의 관계를
어김없는 공전과 자전이라 읽고 왔네
꽃가루 알레르기 증상이나 더듬더듬 사칭하다
그대 몰래 죄 없는 그대를
또 한 번 차용하고 왔네
그대 목울대 안에서 피고 지며
달과 지구 사이의 거리를 암산하고 있는
직은 꽃사과 하나
똑똑하게 목격하고 왔네

기찻길 옆 오막살이

바나나 껍질을 벗겨 내자 레일도 쭉 늘어났다
흰 커브를 따라 열차가 미끄러지고 점등인은 불을 껐다

생각이 생각의 터널을 통과할 때마다 어김없이 가로등
켜진다

1분마다 해가 떠도 기찻길 옆 오막살이 보이지 않았다

물컹한 속살
피곤에 절은 기적 소리 들리고

귀를 틀어막으려다 그대로 멈춰 선 피스톤의 방향으로
길게 긁힌 활주로

바나나는
비행기가 되고 싶었다

구름을 재단하는 야간비행을 꿈꾸던 바나나
한입 크게 베어 먹히고
불감증의 플랫폼에 우두커니 서 있다

밤을 떠받치고 있던

침목을 두들겨 보는 선로 점검반

손에 바나나가 들려 있었다

●야간비행: 앙투안 드 생텍쥐페리의 소설. 점등인의 별 이야기는 「어
린 왕자」에서 따옴.

air cap

허공이 파란 거
마음이 하얀 거

보이나?

두근두근

공기 한 알마다
심장 한 개씩

별 하나 속에 별 하나
너 하나 속에 나 하나
그토록 좁은 곳에서 나 내 사랑을 잃었네

절망을
가장 명료한 형식으로 보여 주는

덧없는 둥근 자궁
진통 중이다

말랑말랑한 얼음을 낳으려고

양수가 터져라

종, 종, 종,
하얀 바닷속을 걷는
파란 장화

안 보이나?

●그토록 좁은 곳에서 나 내 사랑을 잃었네: 기형도, 「그 집 앞」.

11월

나무토막 두 개로 만든 내 캐스터네츠

한 붉음과 약간 다른 한 붉음
정확하게 마주쳐 본 적 없다

트레몰로, 트레몰로
탬버린 소리
1밀리그램씩 무거워져
딱 그만큼 무거워진 바람을 불러들이다
폐선처럼 뒤집히고

모래에 파묻힌 트라이앵글 한쪽 모서리로
싸이어닌 블루의 파도 밀물져 온다

1밀리미터씩 가라앉는
아주 짙은 파랑과 더 짙푸른 파랑

집으로 가 버릴까

골목길에 떨어진 털장갑 한 짝을 밟고 지나갔던

사소한 기억은 얼마나 긴 손가락을 가졌는가

내 새끼손가락은 다른 이들보다 얼만큼 짧은가

●싸이어닌 블루: 검은색에 가까운 아주 짙은 푸른색. 독성이 있음.

눈 녹은 자리

수십 년 만의 폭설

갑작스레 더 쪼글쪼글해진 산수유 열매
불쑥, 붉다

불쑥은 얼어붙은 뺨을 한 방 세게 때리고는
눈 녹듯 사라진다

입가에 팔자 주름 생겼다
몇 십 년 퇴적층이 슬쩍, 농을 걸어온 것

슬쩍은 연노랑 산수유꽃으로 접근해
눈 녹은 자리까지 실없이 지켜본다

숙달된 바람잡이와 소매치기인 시간에게
내 얼굴은 가장 털기 쉬운 지갑

면도날에 길게 찢긴 핸드백 같은 허공에서
함박눈 펑펑 쏟아진다

불쑥의 좁은 등 슬쩍 떠밀며
슬쩍의 발목 불쑥 걸고 넘어진다

저 현란한 손기술에 언제 또 당할 것이겠지만
넋을 놓고 쳐다본다

퀵

무당벌레 몰래 무당벌레 등딱지 둥근 점을 세어 보는 당신 옷자락에 누군가 슬쩍 바늘 하나 꽂아 두고 갔다

순간 어떤 서늘한 기운이 휘익, 쌀알 점괘를 흩뜨려 놓는데

(누가 내 이름을 불렀나?)

뒤돌아보는 당신 얼굴이 없다

귀신도 놀라 오소소 소름꽃 돋을 때 제풀에 떨어진 바늘귀 하나 가득 우담바라 꽃 핀다

(이제 아무도 그대 이름 함부로 부르지 못한다)

천만다행이란 선물은 극도로 변질되기 쉬워 드라이아이스로 겹겹 포장한 채 퀵으로 배달되는 것

천 마리 칠성무당벌레 등에 칠천 개의 별을 동시에 그려 넣는 솜씨, 발끝마다 꽃바람이 일고 손끝마다 눈이 달린다

겨우 두 개뿐인 눈으로는

겨우 열 개뿐인 손가락으로는

제 얼굴이 잠깐 지워졌었다는 사실조차 까맣게 모른다

오래된 시집

비행기가 시야에서 멀어질수록
승객의 몸도 작아진다고 믿는 아이의 마음으로

두근두근 이 시집을 샀었다
정독 한번 못 하고 그냥 꽂아 뒀던
인구에 회자되던 구절
오히려 낯설다

카카오톡 선물하기로 보낸
공중을 날아다니는 커피 잔들처럼

동체와 함께 사라지지 못한 승객 하나

이륙과 착륙 사이 110쪽을 비행하는 동안
작고한 저자보다 더 노인이 됐다

16쇄 당시 이 직항 노선의 탑승료는 2,000원
50원어치의 하늘을 향해 50원어치만 웃는 것이 기교
주의라는
자조적 이성(理性)의 향기는 무료 제공 서비스

다 식은 커피 한 모금이 혀에 착 감기는 저녁

오래된 시집의 바로 그런 맛

●50원어치의 하늘을 향해 50원어치만 웃는 것이 기교주의: 오규원, 「커피나 한 잔」.

빨강, 티셔츠

여드름 꾹꾹 눌러 짠 후 마지막으로 내비치는 묽은 피 같은
불그죽죽 물 빠지는 이 티셔츠,

도굴로 묏등 다 내려앉은
거짓말처럼 오래된 빨강 무덤

뺨부터 얼어붙어 가는 핏빛 장미 한 다발이 놓인
희미한 여드름 자국 같은 저 무덤,

누군가 수백 번 빨아 입은
빛바랜 빨강 티셔츠

빨강, 페인트 자국

카운트다운은 없었다 아마
드물게 발생하는 오작동 점화였을 것
워낙 돌발 상황이라
동체는 물론 주변까지 심하게 요동친다
어쩌면 찔끔 냉각수가 새어 나와
고무 밸브 주변을 적셨을지 모른다
작은 꽃잎 모양 배기구로부터 터져 나오는
저 거리낌 없는 폭발!
다만 조금 전
페인트를 듬뿍 묻힌 앙증맞은 솔 하나로
군데군데 색이 벗겨진 입구를
빨갛게 덧칠했을 뿐인 여자
우윳빛 본차이나 찻잔 서너 개에
페인트 자국 선명하고
정갈한 테이블클로스 위로
수북하게 떨어지고 있는
유쾌한 꽃잎들
화려한 오후의 완선언소
파안대소(破顏大笑)!

협상의 기술

오늘, 오늘, 하다
정말 오늘 재개장한 식물원

지나치게 소심한 조건과 대범한 무조건 아래
말라 죽고 병들어 가는 것들만 있었다

비명을 삼키는 꽃의 방식을 무시하던
곁가지만 굵은 협박을 비웃어 주던
원예사와 정원사
서로 미워하지도 비웃지도 않기로 했다

제 마음까지 보여 줄 수 없었던 꽃
제 마음만큼 넓혀 갈 수 없었던 그늘

공존을 연습하는 동안
입술 타들어 가고 심장 다 터졌지만

초록을 껴입은 나무들 조건 없이 벤치 주변을 다 가려 준
다
마음을 연 꽃들 무조건 둥글둥글 웃어 준다

없었던 꽃과 못 봤던 나무를 들러리로 앞세우고
오늘부터 두 달 후의 오늘까지만 무료 개방이란

전혀 새로울 것 없는 새로운 조건으로

A4

그는 염소 같았다

이빨 자국투성이가 된 하루를 계속 우물거렸다
양악 통증이 극에 달하자 비로소 자신의 어금니를 의
심하기 시작했다

깊은 밤
언제나 정교합인 절망의 아가리
속이 까맣게 탄 그를 통째로 집어삼켰다

머리맡에서 발견된 차용증엔 여러 개의 지장(指章)이 핏
물처럼 번져 있었다

반듯했던 그는 접고 접어도 네모반듯한 것들을 철석같
이 믿었다

접는 방식에 따라 부정교합의 송곳니를 불쑥 드러낼 수
도 있는 종잇조각을 너무 신봉했다

웃자란 잡초들로 고르지 못한 치열을 감춘 음흉한 풀

밭, 딱 A4 크기로 파내고 채 식지 않은 분골을 묻었다

　고인에겐 예의가 아니었지만 뼛가루를 포장한 한지는 구깃구깃 구겨져 있었다

　선명한 이빨 자국 같은 붉은 흙더미 위

　치과용 드릴의 맹렬한 기세로 땡볕이 내리꽂혔다

　뿌리까지 썩은 충치를 갈아 내듯

관문체육공원

텅 빈 응원석 계단 아래 검은 개 한 마리 묶여 있다

푸른 소매를 걷어 올린 밤의 피부와 경계가 없다

개의 검은 털 밤의 피부로 이식되고 있다
여름밤의 모공은 활짝 열려 있어 이종(異種) 간의 모낭을
거부감 없이 받아들인다

개는 주인의 마지막 한 바퀴에만 온 정신을 쏟고
8번 트랙에 묶인 주인 제 목줄의 반경을 뱅뱅 돈다
주인 그림자 뒤를 쫓던 개
너무 빠른 시선의 보폭을 조정하느라 살짝 미간을 찌푸
린다

마침 관악산 쪽에서 불어오는 바람
수천 년 우주의 주인을 기다린 거대한 검은 개의 체취가
묻어 있다

예민한 후각으로 서로를 감지한
목덜미에서 등으로 이어지는 두 개의 능선 많이 닮았다

죽을 만큼 안전한 산의 이름으로
없는 목줄에 매여 부르르 몸을 털 때

마침내 트랙에서 풀려난 주인
까만 색종이 바탕에서 애견의 윤곽을 정확하게 오려 낸
다

응원석 한 귀퉁이에 버려진 색종이 조각
검은 개를 졸졸 따라가다 길고 긴 바람의 목줄에 이끌려
더 새까매져서 되돌아온다

에코

입이 없는 것들의 귓속에
따옴표 속 느낌표로
오소소
돋아나는 혓바늘

귀가 없는 것들의 입속에
괄호 속 말줄임표로
점점이
피어나는 귓바퀴

유작전(遺作展)

사시사철 안개로 뒤엉켜 있는 포구
죽은 나무뿌리엔 주렁주렁 따개비만 열리고
불가사리 천지가 된 작은 배 한 척
출항의 기억조차 가물가물한데
아주 드물게
나그네새 몇 마리 돛대에 쉬어 갈 때면
무심한 물고기 떼들
자잘한 물거품만 입질하고 있을 뿐
사람 그림자 하나 없는 선착장
어느 날,
귀 밝은 한 물고기의 부레를 통과한 바람
우연히 녹슨 닻을 감아올리는 날
그 작고 낡은 배 순식간에
백 년 후의 어느 눈동자로 입항
등 비늘 푸른 것들을 와르르 쏟아 낸다
생전 보지 못했던 어마어마한 만선
진동하는 비린내,
긴긴 잠에 든 니를 깨우고 만나
거꾸로 서 있던 나무들 부랴부랴
초록 일색 촌평의 잎사귀를 매단다

분홍 입술의 시간

방금
발등으로 떨어지지 않았다면
책갈피 속에 영영 잠들었을 이 한 컷
그때
셔터에 잡히지 않았다면
까맣게 지워졌을 장면들

기억 속에 순장된 얼굴
눈꺼풀 아래 매장된 만남과 이별

발굴이 되기도 도굴이 되기도 했다

누가 가슴에 삽을 댄 것일까
깜짝 놀라 깨어난 분홍 입술의 시간

벼락같은 한 장면과 다 늙어 죽어 다시 만난다면

네가 죽고
내가 산다면
내가 죽고

네가 산다면

그래도
나는 분홍색으로 질문했을 것이다

푸르렀던 젊은 날 개장해 보자
녹슨 애증의 시절 이장해 보자

도톰한 분홍 입술의 시간
자꾸 달싹거리는 날에는

●네가 죽고서 내가 산다면 내가 죽고서 네가 산다면: 서정주 시에서 차
용.

양재천

자전거 바퀴에 감겼다 풀풀 풀려나는 풀 냄새의 뒤축 헐렁하다

발등이 좀 부은 오후 네 시

제 운동화를 벗어 냇물에게 신겨 준다

새끼발가락이 살짝 안으로 굽자 송사리 한 마리 물이끼 사이로 숨는다

네 잎 클로버나 찾는 왜가리 이마 높이 하얀 구름

두근두근

터질 듯한 물방울들의 심장박동 소리

벗나무도 분홍 꽃비로 화답한다

어디쯤에서 굽히고 어느 때 풀어야 하는지

늘 뒤꿈치를 조이던 마음에게

괜찮다, 괜찮아, 일회용 밴드를 붙여 주는 햇볕

행운을 포기한 왜가리

냇물이 신고 달리는 운동화나 벗겨 볼까

한 발을 든 채 잽싸게 낚아챌 순간을 노리고 있다

벚꽃 잎 몇 장과 함께 급물살을 탄 요행

바로 코앞에서 뱅뱅 약을 올리고 있다

소금 광산

모르겠다,
언제 꽃이 피고 졌는지 또 꽃이 피고 질런지

누가 봐 줄 거라 믿고 꽃이 피나
아무도 안 볼 거라 단정하고 꽃이 안 피나

꽃소금과 소금꽃 사이
짠맛 하나로 일생을 허비했는데 그게 마지막 문제라 한
다

뒤돌아보고 첫 문제로 되돌아갔거나
뒤돌아보지 않고 마지막 문제까지 마쳤거나

이미 동굴 벽 다 점령해 버린 허연 도배지 앞
창세기는 다시 시작됐다

모르겠다,
피고 지고, 믿고 안 믿고의 사지선다에서 벗어나
그냥
이 자리에 소금 기둥이 되어도 좋겠다

제2부

또 다른 방언

무덤보다 먼저 세상이 떠내려간다
다 떠내려가고 없는 세상에
찢어진 비닐우산 같은 봉분 하나

어미의 물갈퀴에 딱 걸린 난감하고 난감한 유언

보송보송한 울음 꽈리 속으로 이장해야 하는데
천사는 제 눈물에 제가 먼저 떠내려가고 없다

눈물방울 속 작은 물갈퀴들 천사의 날개인 양 활짝 펼
치고
목구멍 속이 제 무덤이 될 때까지
떠나가도록 울었단 말이 떠내려갈 때까지

지가 우는지도 모르고 울었다
모르고 우는지 알 때까지 울었다

강바닥 돌멩이처럼 말갛게 씻긴
또 다른 슬픔의 방언으로

포테이토칩을 한 입보다 크게 만드는 이유

엄마를 보면 아이들은 더 크게 운다

입보다 큰 눈물 자국으로 저를 속이고 달래 가며

빵빵하게 충전된 질소가 곧 터질 듯 울어 댄다

엄마는 언제 오나

과자 봉지로 속일 수밖에 없던 엄마는 영영 못 오거나 안
올 수도 있는데

틀어막을 수 없는 귀만 세상 제일 큰 공명통이 되어 간다

달려올 수 없는 마음 끓는 기름에 덴 것처럼 부풀어 오
른다

좌불안석의 끝을 잡아챈 붉은 목젖으로

제 귀까지 바싹바싹 먹어 치운

아이는 언제 그치나

한 입 거리가 되고만 아이는 영영 못 울거나 안 울 수도
있는데

눈물샘은 없고 눈만 커다란 봉지 하나

목쉰 아이를 삼켜 버린다

텅 빈 영악함이 꽉 찬 영악함을 이겼다

텅 빈 입이 꽉 찬 귀에게 졌다

아버지는 가끔 돌사탕을 사 오셨다

절대 미각으로 울창한 식탁

날카로운 별똥별의 궤도 어느 하나 놓치지 않는 시력
팽팽한 공포 종잇장처럼 찢어 버리고
급랭된 침묵의 무게를 뒤엎는다

왼쪽으로 급발진한 혀 오지게 깨물리고

프레스 기계 아래 무참하게 폐차된
아슬아슬했던 감정의 과적
무소의 뿔 같은 별의 모서리들 쟁강쟁강 유리컵을 들이
받는 소리

어떤 빅뱅이 이 많은 신성을 태어나게 했을까

고흐의 별처럼 현기증을 호소하며 뱅글뱅글 도는

별은
사탕이 아니다

취한 아버지는 가끔 돌사탕 한 자루를 비틀비틀 지고 오셨다

어린 딸들이 볼이 미어터지는 달콤함을 오래오래 굴리는 이슥한 밤

별은
사탕이었다

그렇게라도
천천히 녹여 먹는 법을 가르쳐 주고 싶었던 것이다, 아버지는

표면장력

내가 너를 사무치게 그리워하는 순간에

손바닥이 발바닥이 되는 순간에

뜨거운 심장에 차가운 눈물 똑, 떨어지는 순간에

주먹이 운다

손톱이 손바닥을 파고들도록
울음소리 돌돌 말아 쥔 점잖은 저 여자 주먹

또 다른 입을 부인하려는 듯 자꾸 입을 틀어막는다
두 개의 입으로 삼킨 쓴맛 몰래 확인해 본다

꽉 움켜쥐고 있던 통곡
젖은 날개를 털며 푸들푸들 날아오르고
죽도록 울어도 좋을 그때까지 불끈불끈
자기최면을 걸어 둔다

다 늙어
울음조차 맘대로 터져 나오지 않을 때
겨우 제 가슴을 칠

빨강 에나멜 칠한 다섯 개의 입술을 감춘
주먹만 한
저 여자 입

큰언니

홀쩍이는 동생을 달래 가며
같이 그려 주던 그림 속

튤립꽃 피었다

내 솜씨 같지 않던
미술 숙제 끝낸 적이 언젠데
뜨거운 분골함을 파묻자
혈육이란 이름으로 더 싱싱해지는 꽃

튤립이 아니다

조심조심
애기별꽃을 눌러둔 곳
어느 시집 몇 쪽과 몇 쪽 사이였나
깜깜 기억나지 않는 책갈피 말고
방금
각막에 새겨 넣은 저 붉디붉은 꽃

튤립이 아니다

이젠 안 들리는 말에
더욱 잘 들리는 피에
3도 화상을 입은 살점들

눅눅한 아스팔트에 구멍 송송 내며 지나가는
폭염 한창인데

유난히 무지외반증 심한 작은 발에
'분홍신'에서 맞춘 하이힐 신고

튤립꽃
기어이 다시 피었다

●분홍신: 대구 동성로에 있던 맞춤 제화점.

대서

매미 소리, 참 귀가 먹먹하다

젊음의 피 끓는 소리가 꼭 이럴 거라며

시퍼런 녹음 속을 지나간다

새벽마다 꼿꼿하게 일어서는 청년의 그것 같은

맥문동 보라 꽃

겸연쩍어 슬며시

배롱꽃, 붉다

새댁의 달거리가 저리 아름다운 것이었을라

백일몽 같은

마음 시퍼런 시간 속을 짓궂게 해찰해 가며

콩국수 한 그릇 얻어먹으러 동생 집 간다

봉숭아 꽃물 들인 엄지발가락

제일 앞장서서 간다

봉숭아 꽃물 들인 다섯 손가락으로

손차양하고

간다

능소화

꽃도
피의자 선상에 오른다

죽을힘을 다해 자진해서
탕탕,
피가 거꾸로 솟구치는 장렬함으로
죽어
준다

지난여름
네가 했던 일
내가 당한 일
깜깜 모른다, 알고도 있다

한여름
누명 같은 폭염 불타는 빙벽 아래
없던 죄
죄다 불어 버리고
툭툭
생목숨 던진다

꽃인 줄도 몰랐고
꽃답게 몸 던져 본 적도 없이

헐값에 자신을 팔았던

피의자
곱게 죽어
준
다

독작

저녁 거르고 깡술 마신다 무심결에 식탁 위 식은 밥 한 숟갈 꼭꼭 씹어 본다 입안에서 톡톡 터지는 밥알들, 살과 살이 찰떡궁합으로 섞이고 단전께로 짜르르 오르가슴처럼 번지는 알코올 언젠가 누가 밥보다 좋은 안주 없다 했던 기억도 아슴푸레 번진다 안주(安住)하고 싶은 이승에서 등 떠밀려 벼랑 끝 실족만은 면하고 버틴 날도 혈육을 묻고 돌아서던 날도 한 끼도 안 빼고 꾸역꾸역 먹어야 힘이 났던 끔찍하게 맛있는 안주(按酒)! 먹고살려고 발버둥 치다 보니 되레 술만 먹게 만드는 죄업보다 끈끈하고 운명보다 독한 일급의 안주, 밥! 그 더러운 눈물 묻은 것 소금기 적당히 짭조름하니 어찌 맛깔스럽지 않겠나 밥의 밥이 되어 버린 술, 안주(安住)의 안줏거리가 되어 버린 밥, 그 간극에서 위태롭게 피고 지는 무간지옥의 나날 빈창자 속으로 한없이 내려가는 비애, 질긴 에움길을 헤매다 보면 우르르 쾅, 한순간 신기루처럼 번쩍했다 사라지고 마는 무릉도원 가는 길에 비 내린다 억수로 퍼붓는다 하늘도 먹고살려고 그러는 거다 밤새 쏟아진 빗물 또 다 받아 마신다 내장까지 흠씬 젖는다, 밥 다음으로 든든한 제 서러움에……

54

만성중이염

귀이개만 한 뗏목을 타고 당도한 개펄
각자 제 주장에 빠져 한 발짝도 못 벗어난다

내성이 생긴 잔소리 항생제마냥 집어삼키며
지나간 유행가로 남자를 삭히는 남자
깃털 하나 적시지 않고 먹이를 찾는 뒷부리장다리물떼
새를 부러워하며
별처럼 달랑대는 귀걸이로 여자를 일삼는 여자

너 두 개, 나 두 개
얄짤없던 눈깔사탕처럼 공평하게 나눠지지 않는
후회와 손해의 총량

종일 노래로 막고 있는 참 두터운 무관심으로
물떼새 깃털보다 더 가벼운 외면으로

나 세 개, 너 하나
다시 삐걱삐거 거슬러 오른다
질척한 고막에서 어쭙잖은 명분의 외이도로

옛날 영화를 보러 갔다

나비
미동도 없다
다리 몇 개 폭염 속으로 녹아든다

모든 청춘도 저렇게
제 발 저려 식어 갔을 것

수백 번 황홀했고
수백 번 깨졌다

엔딩 크레딧 자막 속 장대비 내릴 때
칠판지우개 같은 날개로
주인공 이름 슬쩍 지우며 사라지는
나비

죄책감을 떨쳐 내듯

녹다 만 다리 하나
화면 밖으로 툭 떨어진다

매번 똑같은 장면에서 필름이 끊기던
애정영화의 공포

식상한 납량 특집

옛날 영화를 보러 갔다

●옛날 영화를 보러 갔다: 윤대녕의 장편소설.

스커트론(論)

치마에선 왜 풀 냄새가 나나

손끝에 연두 물만 들여 놓던

어떤 풀 향기 복사뼈보다 더 길어
입다가 삐끗 넘어질 뻔한 유혹 간신히 넘긴 후
돌아서서
단단하게 잠긴 호크 또 한 번 걸어 잠글 때
종아리를 스치던 짜릿함

다시 가릴 수 없다, 이브의 나뭇잎
차마 버리지 못한다, 먹다 남긴 사과

어쩌다
일렁이는 바람에 꽃멀미 나는 날

뜯어진 밑단 꿰매는 척
꽃피는 처녀들의 그늘 슬몃 들춰 보는 재미
숨겨둔 유전에서 휘발하는 원죄의 냄새에 코를 박는
한 줄기 덧없는 기쁨

지우지 못한다, 차마

마음보다 먼저 풀리고
마음보다 먼저 잠기던
첩첩 그 풀 냄새를

●꽃피는 처녀들의 그늘: 마르셀 프루스트, 『잃어버린 시간을 찾아서』.
●마음보다 먼저 풀리고 마음보다 먼저 잠기던: 김수영, 「풀」 변용.

장미, 또는 도마뱀

징그럽게 단 결핍 강박 몇 모금
아껴 마신다

속사포 같은 리듬을 제어하고 있는 노랑머리 래퍼 목울
대 바로 아래 도마뱀 문신
머그잔 안쪽에 그려진 애기 장미 한 송이
경계(境界)를 경계(警戒)하라, 질색을 한다

커피 맛도 모르면서 분위기만 좋아하는
라임 타기가 좋아 래퍼가 되고 싶은

나와 당신들 사이
이것과 저것 사이
어떤 표식이 돼 있었던가

따스함 한 모금에 경계를 넘어도 될까
달콤한 한마디에 경계를 풀어도 될까

젖은 꽃 이파리를 떼어 내며
벌렁대는 콧구멍으로 속사포 같은 향기를 밀어 넣는

노랑머리를 한 충동조절장애

돌아선 애인의 전화번호 마지막 숫자를 누르기 직전

도마뱀 울컥, 꼬리를 비튼다
장미 가시 더 뾰족해진다

체위반사

나긋나긋 같이 돌아눕지 않는 뻣뻣한 내용
동침을 거부하는 정부라 읽으면 오독일까

베개는 늘 경추를 난독한다

목 디스크에 걸린 문장들의 통증에 밤은 더 길어지고

침대 위에 펼쳐진 두 페이지 창문
숨은 별 하나 찾으려다
빽빽한 어둠 먼저 탐독해 낸 해골의 동공 속으로 빨려
든다

멀미 나는 속독의 아우토반

애인의 취향조차 일독(一讀) 못 한 어리석음 커밍아웃하
고 만다

모닝커피를 내리는
풀 죽은 불능의 뒷모습, 표4에서 그래도 밑줄 그을 만한
한 줄 진정성이 읽혔다면

몸이 몸을 가장 정확하게 읽는 줄 알면서도

300쪽 넘는 바윗덩이 치켜든 채
마음으로 몸을 정독해 보려고 나름 애는 썼기 때문

●체위반사(體位反射): 이상(異常) 자세로부터 정상(正常) 자세로 돌
아오는 반사.

맨드라미, 맨드라미

붉음의 맨 끝과
자줏빛의 맨 처음이 만나면
곧바로 전복이다
살아서,
어쨌든 살아남아야 한다는
흘수선을 위협하는 절체절명 앞
끈적끈적한 낯짝의 비굴함 누가 단죄하나
황홀의 맨 처음과
지겨움의 맨 끝이 겹친
마지막 피 한 방울까지 깨끗한 탕진
지금
불볕 아래 활활 타고 있는
맨드라미
쭈글쭈글 대취한 것 같아 보여도
맨숭맨숭
맨 정신이다
머리통 새까만 치욕
다닥다닥 속기하고 있다

나무는 무릎이 없다

무릎과 무릎 사이
치욕과 경건이 있다

얼마나 더 오금 저려야
한 그루 나무가 되나

설욕이나 위선으로 꿇었기에
한없이 경직된 관절

군기름 다 소진한 낙타처럼
잃을 것 다 잃은 후

아직 짓지도 않은 죄를 고백하며
없는 무릎으로 가장 먼저 무릎 꿇는
나무들의 슬하로

뼈아프게 기어가 안기는

연골 다 닳은 인간의
마지막 무릎걸음

누구긴 누구

블루베리 몇 알
검은 도트 무늬를 장난인 듯 가리고 있다

오른쪽 베리 왼쪽으로 굴려 본다
왼쪽 점 오른쪽으로 굴러온다

멀리 야생 열매를 발견한 새들의 하강 곡선처럼
귓속으로 직방 날아들던 지저귐과 동시에
등 뒤에서 불쑥 눈을 가리던 손

떼어 내려던 힘보다 가리려던 힘이 살짝 더 완강해서 그만
접시를 놓쳐 버렸을 때
흩뿌려진 별들을 주워 모아 다시
쌍둥이자리를 그리던 손끝마다 단물이 든 시간들

누구게? 라는 물음은
나야, 나, 라는 좀은 우쭐하고 유쾌한 대답

이제 아무도 장난 걸어오지 않는데

너였구나, 너, 라는 혼잣말 접시 위를 중얼중얼 굴러다
니고 있다

　그때 넌
떼어 내려던 힘이 살짝 더 완강하다 느꼈던 걸까

　왼쪽 베리 오른쪽으로 굴러갔는데
오른쪽 점 왼쪽으로 굴러오지 않는다

풍뎅이

기쁨은
젊음이 잠시 길러 본 고양잇과 애완동물
분수처럼 가뿐하게 솟구쳤다 바닥을 쳤고
악수를 나눌 때조차 내려놓지 못했던
무게중심
화석은 그대로 완벽한 치유인 줄 모르고
정형외과 대기실 벤치에 앉아 있는
(과연 이번엔 뒤집기에 성공할까)
환자들 사이 유독 푸욱 꺼진 한 자리
얼굴이 무릎에 닿기 직전인 저 노인
평생 깁스로 정형된
이름 석 자가 호명되길 기다리고 있다
그때
하늘을 찔렀던 물줄기마냥, 아니
담장 위에서 폴짝 뛰어내린 고양이인 척
벌떡 일어설 만반의 준비를 하고 있다
(괜한 지팡이를 반대쪽으로 옮긴다고 무게중심이 바
뀔까마는)
검은 점퍼 아래 볼록하게 숨긴 두 날개를
툭, 툭, 두들겨 보고 있다

제3부

묵비권

자기 울음소리밖에 못 듣는 누이를
제 웃음소리보다 잘 듣는 오라비와

연한 풀잎에 유독 깊게 베이는 맹수 같은 오라비를
작설 찻잎 같은 혀로 핥아 주는 누이가

상피 붙어 떨어지지 않는 민망함을 둘둘 말아 싼
누에고치 속 같은 담요 한 장

울음소리와 웃음소리 사이로
칼 같은 묵음 구역 생겨나고

윗입술과 아랫입술 상피 붙어 떨어지지 않는다

서로서로 완벽한 귀마개가 되어 버린 오누이

무덤조차 없는 벌거벗은 핑계에게
핑계 없는 무덤 절절하게 필요한 때

번개탄

아무 냄새도 안 보이는 곳

출구까지 딱 3분

갱도에 넣어 둔 카나리아 보이지 않는다

새카만 콧속 박쥐 촘촘하게 매달리는데

기도($氣道$)를 꽉 조여 오는 두려움

열아홉 개나 되는 뻥 뚫린 콧구멍을 싣고

응급차가 당도하는 환각 속

눈먼 눈을 환하게 감겨 주는 극락조의 날개

보험은

죽음이란 따스한 둥지에 안심하고 탁란하는 일

비좁은 알에 갇혀 시도 때도 없이 괴롭히던 불안과 우울

한순간 번개처럼 사라지고

이제 좀 살겠다

아무 색깔도 안 맡아지는 곳

생전 처음, 등잔 밑이라는 각도에 맞게 누워서야 보게 되는 한 줄기 빛

'생명보험'이라 하는 데는 다 이유가 있었다

언제 밥이나 한번 먹자

삼시 세끼란 연옥에서 방금 퍼 담은 뜨거운 밥 한 공기
공복이란 놈 새까맣게 들러붙는다

다리 하나씩을 떼어 달라던 노회한 호랑이,
유독 당신 코앞에서
푸슬푸슬 되살아나는 다족류의 허기

매번 다음 고개까지만 포만감을 허락하는 밥맛은 참 밥
맛이라
절대 안 잡아먹지~ 꾀어내
언제 당신부터 꿀꺽 잡아먹기 전에

그러다
다, 다음 고개에서
또 당신 같은 밥맛 만나기 전에

내 목구멍 속 아직 모락모락 핑크색일 때
네 침샘 바닥 아직 질펀한 개펄일 때

불길한 예감은

현재진행형 필름을 넣기도 전
미래완료형 화면이
　　　불쑥 미래완료형 화ㄴ이
언제나 한 컷으로 언제나 스쳐 지나가는
슬라이드 그림 한 컷
　　　　ㅣ름
침묵 덩어리(미래완료형 화면이었던)
　원음(原音)들이
황급히 기도(氣道)를 통과통과하는
누구도 들어 본 적 없는 없는
꽃들의 기침 기침 소리
　　　꽃ㄹ ㅁ묵
만성 편두통에 시달리고 있는 (현재진행형과) 만성
기립성 저혈압인 미래완료형
　　　기립ㅇ미래완료
둘 사이의 반목이(빈혈 증세가) 임계점에 달하기 직전
까지
　　　직전 ㄴ혈
그림 A는 소리 B에게 절대 먼저 귀 기울이지 않고
　절대ㄹ 대 귀까막

소리 C는 그림 D에게 절대 먼저 말 걸지 않는

　　황금 늘대 침묵

불길한,

　예감은

무궁화꽃이 피었습니다

네게만 꽃놀이패인 숨바꼭질

넓은 이마 뒤로 숨을 곳은 많고 찾을 곳은 없다

다음 술래를 찾던 술래
아직 피지도 않은 꽃 속에서 활짝 핀 목소리로 외친다

무궁화꽃이 피었습니다!

불안은 거뭇거뭇 자라나고 조급증 가닥가닥 엉키는
뒤통수 더듬더듬 밀어 보는 동안

정말 꽃이라도 핀 걸까

못 찾겠다, 로 딱 떨어지는 짧은 결론만 원하는 좁은 귓
바퀴 뒤로
따끔따끔 들키기 위해 자라나는 머리카락

보인다!

거기 장독 뒤에 보인다, 소리치는 순간
들킬 곳은 많고 숨을 곳은 없어
꾀꼬리 그만 꽁지를 밟히고

네게 꽃놀이패였다면 이젠 내게 꽃놀이패

사랑을 잃은 사람이 기어이 또 다른 사랑을 찾아내는

무궁화꽃 무궁무궁 피고 지는 게임

커튼콜

마녀의 주문보다 딱 한 발 먼저
외나무다리를 건너오는 벨 소리

쥐 죽은 듯 고요한 공기를 희롱한 관객
원수 1의 상대역으로 불려 나온다

즉흥적인지 계획된 연출인지 알 수 없다

줄거리보다 무대장치에 더 신경 쓰는 종교극
이번엔 새로운 다리로 교체한다는 소문이 돌았지만
클라이맥스는 흔들리는 외나무다리에서 전개됨을 눈치
챈 영리함 덕분에
이 연극 최악은 면했다

절대자에 순종하기까지
신성을 희롱하는 벨 소리 수없이 울리고 지루하고도 지
루한 통화가 드디어 끝이 난 순간

뒤를 이어 점령군처럼 진군하는 또 다른 벨 소리

기다렸다는 듯 수화기를 든 출연진 분에 넘치는 찬사로
배가 터질 때까지
　마지못해 전화를 건 관객 가까스로 높아진 제 품격에
우쭐할 때까지

　끝없는 수다 중이다

　그래도 극장은 무너지지 않았다, 진부한 예언처럼

비행운 같은 문장

이내 입김으로 흩어진다

밑줄 그으며 찬찬히 읽어 보려 애를 써 보지만

허공 가득 공허만 남는

아무 통증도 없는 하늘을 누가 개복(開腹)했나

저 허술한 붕대 다 풀어내 봐도

뜨거운 가슴 위로는 착륙하지 못할 말의 잔해

흉터 하나 남기지 않는 아픔을 포용의 미학이라 믿는
순진한 독자들

이름난 작가는

녹말종이로 감싼 알사탕만 한 구개음 하나 입에 문 채

읽지도 않은 장서에 파묻혀 있다

일부 혹평엔 말끝을 흐린다

안 보이는 질문들로 빽빽한 유명세

끝 모를 입천장 아래 어물어물 날아가는

종이비행기 한 대

추락은 예정된 수순이다

Zoom In

얼마나 긴 강의 발원지가 숨겨져 있나

굽이굽이
지하에서 지상으로
아버지에게서 아들로 흘러가고
흘러가는

저 두터운 어깨선에서 뭉툭한 발끝까지
참 아득한 태곳적 산맥

방금 모로 돌아누운 사내

끙, 한마디로 바뀌는 해발고도
찰칵, 한 컷으로 기록되는 발원지의 내력

천지 만물 속
깊이 잠들어 있던 몸살의 기미를 포착해 낸

피 한 방울 안 섞인 피사체와
피가 켕기는 순간

136쪽과 137쪽 사이

채반 위를 사뿐사뿐 밟고 가는 가을볕
발레하는 여자아이 다리 같다

토슈즈 끝으로 한 점 한 점 터치해 나가는 사이
몸속 깊이 팔다리 오그려 넣느라
하물하물 뼈 다 물러 버린 무말랭이

점심 먹고 내내
시오노 나나미『르네상스를 만든 사람들』136쪽과 137
쪽 사이
봇도랑을 오락가락하던 하얀 타이츠를 입은 졸음

삐끗, 발등 위로 책이 떨어진 순간
딱 그 자세 그대로 멈춘
너무 위대해서 안 보였던 최고 난이도의 춤사위

햇살, 햇빛, 햇볕,

보다 더 빠르고 섬세한 르네상스는 없다

웃음 꽈리

말똥 굴러가는 것만 봐도 데굴데굴
말똥보다 더 멀리 굴러갔던 아득한 그곳과
방금 전 고래가 사라진 바다의 수심이 정확하게 맞닿아
있다
웃다가 죽는 초유의 사건을 목격하려는 듯
지독한 말똥 냄새에도 아랑곳없이
낯선 시선들 하얀 교복 블라우스 등을
힐끔힐끔 밟으며 지나가고
25초,
다시 허파꽈리 탱탱하게 부풀자
하늘 높이 분수 한 줄기씩 뿜어 올리며
폐활량과 소활량(笑活量) 사이를 날렵하게 유영 중인 여
학생들
좁은 꽈리 구멍 속으로부터 끊임없이 솟구치는
눈부신 웃음소리의 포말들
고래 서너 마리가 온 바다를 하늘 높이 들었다 내려놓고
견디다 못한 골목길도 그만
반으로 허리를 접은 채 배꼽을 감싸 쥐고 나뒹구는
휘청거리는 하오

지중해
—안탈랴에서

어제 쏟아져 내렸던 햇볕과
오늘 쏟아져 내리는 햇살과
내일 쏟아져 내릴 햇빛을
골고루 혼합한 거대한 저 황금 붓

작렬하는 웃음소리만큼 잘게 쪼개지는 파도와
물새 깃털을 타고 꼬박꼬박 졸고 있는 게으른 바람을

온통 금니(金泥)로 덮어씌우는데

장미에 쏟아져 내렸던 햇볕과
부겐베리아에 쏟아져 내리는 햇살과
유도화에 쏟아져 내릴 햇빛을
골고루 반죽한 파스타 접시가 놓인 야외 식탁을 지나

혓바닥을 길게 빼어 문 개 떼들
컹컹, 금가루를 뱉어 내며 좁은 골목길을 질주한다

개에 물린 흉터, 태양의 흑점 더 짙어진다

오리지널 레시피

누가

죽은 어매의 팥죽 솥에 코를 박나

피 묻은 수숫대 예전에 치워졌는데

막냇동생 옆구리 붉은 반점처럼

배고픔은 아직도 배고픈 전설

다 빼 먹은 곶감 꼬챙이에 여전히 꽂혀 있는

세상 달달한 레시피대로

그때 그 수수밭 자리

수수깡으로 지은 아파트 단지 들어서고

운 좋게 당첨된 공복감 바글바글 새로 입주했다

사이좋은 오누이들 집집마다 창문 열어 놓고

해가 되고 달이 되는

참 오래된 잔치로 매일매일

도마 소리 요란한 부엌문 설주 위

누가

붉은 팥죽 한 국자 고수레해 놓고 사라졌나

누가

해와 달 사이 미간에 빈디 하나 찍어 놓고 갔나

●빈디: 인도 여성들의 미간에 찍는 붉은 점.

외가

멀쑥하게 선 쑥갓꽃
팔월의 태양처럼 이글거릴 때

(어지러움이 메스꺼움으로 쇠어 갈 때)

쑥갓꽃이 노랑을 다 짜 올려
팔랑대는 흰나비를 붙들 때

(급커브가 급브레이크를 부를 때)

흰나비 더듬이가
노란 꽃가루 범벅이 될 때

(온몸이 진땀으로 젖을 때)

부채질하던 노란 나비 날개
더 노란 햇볕 속으로 풍덩 멱을 감을 때

(신물이 목젖을 넘어올 때)

바람이 운동화 끈을 풀어

쉴 대로 쉰 쑥갓 대에 던져 놓을 때

(낡은 시외버스가 신작로에 나를 부려 놓을 때)

어떤 네모난 정원

나를 양껏 흘린 적 있다
엎질러진 꽃병처럼

흘린다는 말의 사타구니는 점액질 분비물로 불결할 거라
는
고정관념의 괄약근 더러 푼 적 있다

누가 흘리고 갔나
이 손바닥만 한 꽃밭
꽃잎 한 장 향기 하나 흘리지 않는다
참회의 무게를 고스란히 감당하고 있다

착착 접힌 네모의 비밀을 펼치자
질투를 흘렸다 동정을 줍던 밤이 확 깨어난다

또다시 마음 흘릴까
어떤 꽃도 꽂아 놓지 않는다
누구도 바로 세워 놓지 않는다

신도 내게 손수건 한 장 던져 준 적 없었다

닭똥 같은 눈물

무지근하던 뒤

마침내

미주알까지 빠져 버렸나 보네

저런,

달걀보다 더 굵은

달걀의 뼈는 또 생전 처음 보네

캐러멜마키아토, 혹은 아메리카노

세상에 없는 답을 구하러
학원 쪽으로 건너갈 일
이젠 없다 다시는 목마를 일 없다
그때그때 나를 입출금하기 편한
은행 쪽으로 건너온 지 이미 오래
다급한 걸음걸음
홍해 바다 이후
천의무봉 봉합되는 사연은 없다 거듭 경고 중이지만
큼직한 머그잔, 앙증맞은 에스프레소 잔
둥근 탁자 위 제각각의 문제에 골몰 중인
손님들 귀엔 들리지 않고
몇 분 간격으로 연출되는
8차선 대로를 두 동강 내는
현대판 모세의 기적
생선 가시처럼 하얗게 드러나는 개복의 흉터를
열 번도 더 넘게 혼자 지켜보고 있다
창밖 베고니아 화분에
광속으로 무단 횡단한 햇살 한 줄기 당도하자마자
보행 신호 다시 빨강으로 바뀐다
지옥만큼 달콤한

캐러멜마키아토의 시간을 재빨리 건너
무덤덤한 아메리카노로 입가심하는 척해 보지만
사실은 나
보도(步道) 위로 막 올라서려는 참인 내 하이힐 소리에
목말라 있었다
이미
수백 번도 더 너를 건너왔었던 걸 깜빡 잊고 있었다

새벽을 프린팅하다

흑사탕 같은 허공을 깨부수는,

잘게 바스라진 허공에 개미 떼처럼 들러붙는,

새까맣게 오글거리는 생각에 왕소금을 뿌리는,

절임 배추가 된 새벽을 몇 번씩 헹궈 내는,

채반 아래로 뚝뚝 떨어지는,

수천 수백의 귀를 3D 프린팅해 내는,

시계 소리,

겨우 막대만 남은 허공에 다시 들러붙는,

말랑말랑한 귀,

귀,

제4부

홀소리들 1
— ㅏ, ㅑ

식칼 냄새가 묻어 있던 부채꼴 수박 조각은 더위를 물리치는 신묘한 부적

바늘 끝으로 얼음덩이를 깰 때 꿀꺽 침을 삼키던 해바라기, 목울대를 깊게 찔린 듯 더 노랗게 자지러지고

적의를 노골적으로 드러낸 땡볕과 검은 줄무늬로 위장한 응달의 줄다리기가 카스트라토의 고음보다 팽팽했던 한낮이 지나가자 달의 절구에서 쏟아진 청금석 푸른 염료가 미동도 없던 하늘 커튼을 펄럭펄럭 물들이기 시작했다

젊은 엄마가 두레박으로 가뭄과 해갈을 번갈아 가며 길어 올려 뜨거운 몸을 식히는 동안 동화책 갈피마다 숨어 깊은 잠에 빠졌던 별들 앞다퉈 깨어나 한 줄기 은하수를 그렸다

홀소리들 2
— ㅓ, ㅕ

시간차공격을 즐기는 밀물에게 뒤통수를 맞으며 묶을 끈도 없는 울음주머니 속에 한쪽 발만 빠진 파도

떠나가는 배는 소실점이 되어 사라지는 순간을 모르고
잠길 여(洳)와 속 여(洳)는 허벅지까지 오는 장화 아직 다 신지 못해 늘 옷이 젖어 있고

침몰한 보물선의 항해일지, 익사한 선원들의 절규가 기록된 불가사리 무늬를 하나하나 복기하느라 눈코 뜰 새 없는 바다

참 난처하다
그래서 미친 자는 썰물 빠지듯 실실 웃는 거다

우리는 왜 강물 따라 가고 싶은 바다로 흘러가지 못하나
역류하다 죽거나
아무것에도 미치지 않고 미지근하게 살아남거나

어디서 무엇이 되어 다시 만나랴

●강물 따라 가고 싶은: 동요 「시냇물」.
●어디서 무엇이 되어 다시 만나랴: 김광섭, 「저녁에」.

홀소리들 3

—ㅗ, ㅛ

*잠자리 겹눈으로 본 한낮의 풍경

정오의 붉은 혀 빳빳한 유두를 스치자
깨질 듯 달아오르는 접시꽃

어떤 단추도 딱 들어맞는 기이한 단춧구멍 같은 하늘에서
소나기 쏟아진다
불볕 모래성, 포개 놓은 본차이나 접시마냥 와르르 무너
졌다

금 간 데 하나 없이 말짱하다
폭우에도 상처 하나 없는 얇디얇은 저 접시꽃의 뻔뻔함
처럼

*으름밤나방 겹눈으로 본 한밤의 풍경

자정의 푸른 혀 귓바퀴에 닿자
하얗게 자지러지는 박꽃

없는 귀를 틀어막으며 컴컴한 돌 밑으로 숨어든 민물

가재 한 마리, 팔다리 한껏 오그라든 난청(難聽)의 시간 함께 깊어 가고

　요요요,
　강아지풀 같은 침묵의 촉수 강바닥에 닿자 참았던 날숨 길게 내뱉는 박꽃 향기

홀소리들 4
ㅡㅜ, ㅠ

어마어마한 질투의 부력으로 떠도는 주홍 글씨

평생을 유보한 청혼에 중형을 내리라고 아우성이다

끔찍했던 치정 사건 곧 지루한 전설이 되었고
돌아서자마자
참을 수 없는 무료함으로부터의 석방을 외친다

낙인은 낙태보다 무거운 신성모독

사산된 태아는 벌써 산모보다 늙어 몇 번을 더 죽었는
지 모르는데

늘 생의 임계점에 서 있다

쌀독에 쌀 한 톨 안 남은 사람들처럼
과자 부스러기에 까맣게 몰려드는 개미 떼처럼

홀소리들 5
ㅡ, ㅣ

휴화산이 된 심장을 다시 뛰게 할 유일한 방법

나사가 덜렁대는 손잡이 조심스레 당겨 본다
멈칫멈칫 버티며 열리는 서랍 속 녹슨 열쇠 하나

녹은 산소가 철을 불규칙 활용한 결과
갈변한 사과를 먹어 치우듯 산패(酸敗)한 이 불안감 빨
리 활용해야만 한다

자물쇠 구멍에 한입 베어 먹힌 경직된 마음 우격다짐으
로 꽂고 돌려 본다

운명의 배후에 숨어 있던 복병
도미노처럼 넘어뜨리자 드디어 회신이 폭발했다

아날로그가 디지털을 제압하고 마는
예측 불가 사랑의 방식으로

보디랭귀지

봐라
발가벗고 바둥거리는 목숨이란 말

간지럽단 말 대신 긁적긁적 꽃망울 터트리는 나무
못 참겠단 말 대신 철썩철썩 온몸 보채는 바다

복잡한 어순과 어휘 싹둑 잘라 낸 은유의 배꼽

탯줄도 가르기 전 터득한 몸말
옹알이부터 시작된 말
다 잊어버린 후까지

무서울 땐 먼저 삐죽삐죽 머리칼 곤두섰고
추울 땐 오소소 소름부터 돋았던

가장 오래된 미래의 말

이제 다신 못 본다

뺨을 타고 주르륵 흘러내리는 마지막

말씀 한 줄기

싸늘한 배꼽이 따뜻한 배꼽에게 남기는
완벽한 유언

가장 새로운 과거의 말

타는 냄새

수탉보다 목청이 크다
목구멍 속으로 온 집을 다 집어삼키는

타는 냄새

새카맣게 눌어붙은 건망증 단숨에 깨운다

그가 호령하면
대답보다 먼저 행동이다

한 사람의 체취가
어떤 이의 가슴을 다 태우는 걸 본 적 있다

나사못처럼 딱 한 명의 귓속으로만 파고들며
냄비가 아니라 사람을 태워 버리는

귀신보다 더 귀신같은 귀곡성(鬼哭聲)

무섭다,

빈 공간은 죄다 제집으로 만드는
모가지를 비틀어도 우는 근성

가슴 밑바닥까지 다 태우지 못한
희미한 눈내로는

단 한 사람도 호명할 수 없다

스캔들

늦가을에 핀
파리한 진달래꽃에게
어쩌려고! 라고 너무 다그치지 마라
꽃이 핀다는 것은 어쨌든
말이 안 되는 소리를
말이 되게 해 보려는 눈물겨운 안간힘
정말이지
모란이 지고 나면 그냥 그뿐인 일
뭘 좀 어찌해 보려고
쑥덕쑥덕 피는 말들과는 상관없이
꽃은 다만 어쩔 수 없어 핀다
시퍼런 당신들보다 더 무섭게 입 꾹 다물고 핀다
봐라
장미는 여왕이 되려고
불평 없이 가시방석에 앉아 있고
며느리밥풀꽃은 부엌데기로
찬밥 신세가 되고
아무 죄 없이 사는 것보다 더 큰 죄는 없으니
벌써 오래전 게임이 끝난 줄 모른 채
끝까지 함구하고 있던

섭섭한 봄빛

시샘하지 마라

언젠가 당신 겨드랑이에도

어쩔 수 없는 꽃

불쑥 피는 날 있을 것이다

꽃들은

서로서로 꽃같이

핀다

●모란이 지고 나면: 영랑 시에서 차용.

미안하다고 말하지 않는 시

영혼 없는 말로 마침표를 찍었다. 라는 문장으로 끝나는 장편(掌篇)소설을 쓰고 있네

말뚝에 묶인 마지막 문장보다 풀어놓은 망아지처럼 날뛰는 첫 문장이 더 관건인데

핑크빛 세상에 눈이 멀었다. 라고 시작하면 약혼반지를 낀 기분일까?

사람들은 왜 결혼을 가짜 다이아몬드라고 비유할까? 라는 때 묻은 표현을 삭제하고

아직 반지를 끼지 않은 손가락은 제 취향대로 가공된 보석을 꿈꿀 자유가 있다. 라고 고쳐 쓴다

그러나 가늘고 흰 손가락을 빛내 줄 루비, 에메랄드, 사파이어 등 원석들은 아직 채굴조차 되지 않았다. 라고 갈등을 고조시킨다

문제는 남자와 여자의 꿈의 굵기가 너무 차이가 난다는

것, 예비 신랑은 광부가 되어 세상 끝까지라도 간다 했지
만 현실을 벗어나기 어려웠다. 라고 속도를 낸다

　어떤 반지도 맞지 않는 손가락을 가진 여자 점점 불만
스러웠고 어떤 손가락에도 맞지 않는 반지밖에 준비 못 한
남자 참담할 뿐 드디어 마지막 메시지로 결별을 선언했는
데 둘 다 "사랑은 '미안'이라고 말하지 않는 것이다."라는
영혼 없는 말로 마침표를 찍었다. 라고 마침표를 찍으면
자기 표절일까?

　아마 평론가들은 반지와 손가락은 서로를 베낄 방법이
정말 없었을까? 라고 말뚝에 묶인 서평을 쓸 것이다

흰 살 생선

비닐 한 겹, 어림도 없다

김장밭을 망쳐 놓고 지나가는 청어 가시보다 날카로운 한파

얼음이 된 배추 뿌리

꽁꽁 언 땅을 쑤시고 파고든다

밥 한 덩이 꿀꺽 삼켜 봐도 내려가 주지 않는 가시

고통은 고통을 받아먹고 더 깊게 뿌리를 잡고

목구멍 속으로 밤새 송곳 바람 지나간다

광풍에 찢겨진 검은 비닐 아래

바람 든 무 하나

뼛속 깊이 뼈 있는 말을 삭히고 있다

잔가시 하나 없는 흰 살 생선이 되어 간다

어떤 방한 조치도 이제 필요 없다

지독한 자학(自虐)의 힘으로 바다는 얼지 않는다

누구도 이 부동항(不凍港)에 접안할 수 없다

사투리

마을버스를 탔네
타고 내리는 승객들
다 동네 사람들이었네

다음 정류장 다다음 정류장에서도
내리고 타는 승객들
다 이웃 마을 사람들이었네

처음엔 버스가 사람들을 태우고 달렸지만
나중엔 사람들이 버스를 떠메고 달렸네
급브레이크를 너무 자주 밟았는지
왈칵왈칵, 부비강(副鼻腔) 쪽으로 쏠리더니
그대로 바다로 돌진, 짧은 침묵 끝 간단히 인양된 버스
다시 매캐한 터널 컴컴한 후두(喉頭) 속으로 누대를 순
환하네

마을버스를 탔네
처음엔 사람들이 버스를 타고 갔지만
결국엔 버스도 버스를 타고 갔네

step by step

    너 때문에 돌아 버리겠어, 라고 큰소리치던 이들 우주 공간으로 실족했지만 '그래도 지구는 돈다'고 자기 귀에만 들리게 말한 사람, 덕분에 간밤에도 지구는 무사히 반 바퀴쯤 돌았다 사사건건 어깃장을 놓던 세상과 스텝을 맞출 줄 알았기에 사형도 면하고 끝내 교황 바오로 2세의 사죄를 받아 낼 수 있었다 자전하는 것들은 절대 제 궤도를 벗어나 아주 확 돌아 버리지는 않는다 이탈한 자들의 무덤 위에 올라선 유연한 춤꾼의 발밑에서 거대한 땅덩이가 사뿐사뿐 돌아간다 굵은 권력의 허벅지에 태클을 걸기보다 가장 나직하게 한 발 빼기를 시도하며 긍정도 부정도 아닌 미궁 같은 입속으로 지구 하나를 너끈히 굴리고 갔다 그 기기묘묘한 리듬을 빌어 오늘도 중얼중얼 우주 별은 돈다 아니다, 척척 호흡이 맞아떨어졌던 최초의 파트너를 기리기 위해 단언(斷言)한다, 한 치 어김없는 스텝 바이 스텝으로

낙타에게

물컵에 담긴 허연 양파 뿌리

눈물도 수경 재배가 되나

겹겹 싸매 둔 껍질 얇은 두려움

양파 속 사막
모래알 하나 보이는 곳까지만 갔다가
낙타 등에 업혀 휘청, 돌아오는 빗소리

긴 속눈썹에 쌓인 모래 먼지가 무거워
낙타가 울 때
전갈 독 퍼진 일곱 개 다리로
무지개 우뚝 일어선다

수경 재배된 속눈썹으론
무지개 너머를 볼 수 없는데

유리컵 하나에 어떻게 신기루를 담나
양파 하나로 어떻게 슬픔을 경작하나

포옹

한쪽 양말 제짝 품에 안겨 있다
아니, 서로 부둥켜안고 있다

이쪽에도 저쪽에도 한 발짝씩 발을 뺀
네 바쁜 오른발 내 시린 왼발 바알간 맨발인데

함박눈 펑펑
언 땅을 감싸 안아 주고 있다

안아 보지도 안겨 주지도 못한 선물 대신
빨강 양말 하나 머리맡에 두고 잠든 성탄절 밤

뼈 다 녹은 눈송이들
따뜻해진 흙의 품을 파고들면

온천지가 그냥 다 선물,

커다랗고 빨간 버선 속 한 아름 그득 안겨 있다

은발

우표 한 장
편지 봉투에 수십 년째 붙어 있다

바람 잘 날 없던
바람 다 견뎌 냈던 풍력으로
우표 속 태극기 아직 펄럭인다

봉투는 누런데 세월은 더 누렇게 낡아
무거운 외투 무거운 가방 무거운 너
무거운 나
감당키 어려워
점점 더 바짝 마른 풀이 되어 간다

한 생(生)이 건국한 나라의
국기(國旗)

쓸쓸한 게양대 끝 실바람에 나부낀다

은발처럼

붓 이야기

몇 번이고 몇 번이고 덧칠을 하네
사닥다리도 없이 서두르는 기색도 없이
아름다운 여인에게 보디페인팅을 하듯
우듬지 잔가지 하나 놓치지 않고
붓질 얼룩 하나 남기지 않네

물감 한 방울 흘리지 않는 솜씨도 솜씨지만
기막힌 농도의 금빛 페인트,
나목에게 와닿는 11월 하순 오후 2시경의 저 햇빛!

털갈이를 막 끝낸 제 몸을 핥아 주는
작은 짐승처럼 웅크리고서 나도
몇 번이고 몇 번이고 덧칠을 했네

붓끝에 착 안기는 황금 물감의 명도로
마룻바닥 어루더듬고 가는 은행나무 그림자의 채도로
모처럼 끼끗하게 단장을 했네

공들인다는, 말씀의 온기를 온몸에 발랐네

다 울고 나서

바닷물고기는 바닷물이 그렇게나 짠 줄 모르고 산다

잠시도 감을 수 없어 퉁퉁 부은 눈과
쉽사리 젖지 않는 비늘의 비참
같이 울어 주는
파도 소리도
눈꼬리만큼씩 길어지는 지느러미를 가졌다

아직 미역 줄기에 묻은 물비린내에 대하여 못다 얘기했
는데

그만 울어,

걱정스레 얹히는 손의 온기로 다시 울음보 터뜨리다가
언뜻
공중을 둥둥 떠돌고 있는 눈물바다를 보았다

세상 물기 다 흡수하는 허공은 바다의 화석

스펀지 같은 돌 속에 잠들어 있던 누군가의 설움이

들숨으로 따라 들어와 내 어깨 또 그만큼 파랑이 인다

지켜보던 너도 괜히 콧날 시큰해져 묻는다

다 울었어?

그래도 치즈, ~

죽어야지, 죽어야지
곰팡이 균보다 강한 하루하루, 얇게 슬라이스되는 어쩔
수 없는 매일매일

뱉고 싶은 목구멍은 오늘 거북하다, 꿀꺽 삼켜 버린
고해성사 때문에

다 그런 거지, 다잡으며 그날에서 그날로 넘어가는 부
은 발목만큼 무거운 것이
두고두고 코끝을 그래도, 맴돈다

비대칭의 지점들

남승원(문학평론가)

1. 감각의 기원

평균 무게 1,300그램의 뇌와 12쌍의 뇌신경. 그리고 뇌에 이어져 있는 척수를 따라 난 31쌍의 척수신경 다발. 1888년 펜실베이니아에서 루푸스(Dr. Rufus B. Weaver)가 폐결핵으로 사망한 여성 해리엇(Harriet Cole)의 몸에서 신경계 전부를 완전히 적출해 내는 데에 처음 성공했을 때, 누군가는 상상력의 종말을 예고하기도 했다. 우리를 고유한 존재로 만들어 주는 모든 감각과 그것에서 비롯된다고 믿었던 인간 특유의 내밀함이 가시적인 영역으로 적나라하게 드러났기 때문이다. 대상을 바라보는 시인 고유의 감각이 시문학의 가장 근원적 무기라고 한다면, 현대시는 이제 물리적 감각 체계와 맞설 수밖에 없는 지난한 싸움의 길을 시작하게 된 셈이다.

이인원 시인의 다섯 번째 시집 『그래도 분홍색으로 질문했다』는 바로 이와 같은 싸움에서 자신의 시적 감각을 구성하는 모든 것을 드러내는 전략을 취하고 있는 것처럼 보인다. 앞서 떠올려 본 사건을 통해서 말했듯이, 시인 특유의 시선으로 구성된 세계의 모습들을 가늠해 보는 일은 이제 독자들에게 어느 시집이든 그것을 읽어 나가는 한 방법이기도 하다. 하지만 여기서 우리가 확인하게 되는 시인의 특징은 작품을 통해 그려진 세계의 완성도를 측정하는 보통의 방식과 구별된다. 이인원 시인의 경우 말 그대로 자신의 모든 것, 그러니까 외부를 바라보는 모든 감각계 그 자체를 고스란히 드러내는 데에 집중하고 있기 때문이다. 그것은 무엇을 말하고자 하기 이전에, 감각의 가시적인 영역으로 구성된 세계와 맞서고 있는 시인의 전략이라고 할 수 있다. 따라서 이 시집을 읽어 나가는 일은 곧 시인의 신체 각 부분들이 하나하나 시의 감각기관으로 분화되어 가는 과정을 목격하는 것과 동일한 의미가 된다.

표현 기법인 동시에 이인원 시인의 창작 방법론이라고 할 수 있는 이 같은 특징은 그의 작품 전반을 역동적으로 만드는 데에도 크게 기여하고 있다. 이는 시인의 이전 시집인 『궁금함의 정량』(작가세계, 2012)에서부터 확인할 수 있는데, 그 특징적인 면모를 확인하기 위해서라면 「파랑새」라는 작품을 다시 한번 떠올려 볼 필요가 있다.

이 작품에서 시인은 계절의 변화로 인해 병을 앓게 되는 일을 자신의 운명으로 받아들이고 있다. 눈여겨보아야 할 것은 그 과정을 통해 시인의 몸이 "툭툭 건드리고 지나가는

아픔"들에 이르기까지 민감하게 반응하는 하나의 '빈 병'이
되어 간다는 사실이다. 이는 곧 일상의 '병'을 앓고 있던 시
인의 경험적 육체가 점차 세상의 모든 고통들을 감각하는
시적 기관으로 분화되는 것을 보여 준다. 작품의 마지막에
서 희망적 결말을 읽게 되었다고 해도 우리에게는 그 가능
성에 도달하기 위해 세상의 모든 고통과 공명하는 시인의
'감각' 그 자체가 더 중요하다고 할 수 있다. 『그래도 분홍색
으로 질문했다』에는 이처럼 대상을 향한 시인의 감각들이
끝없이 발산되고 있다.

　　봐라
　　발가벗고 바둥거리는 목숨이란 말

　　간지럽단 말 대신 긁적긁적 꽃망울 터트리는 나무
　　못 참겠단 말 대신 철썩철썩 온몸 보채는 바다

　　복잡한 어순과 어휘 싹둑 잘라 낸 은유의 배꼽

　　탯줄도 가르기 전 터득한 몸말
　　옹알이부터 시작된 말
　　다 잊어버린 후까지

　　부서울 땐 먼저 삐죽삐죽 머리칼 곤두섰고
　　추울 땐 오소소 소름부터 돋았던

가장 오래된 미래의 말

이제 다신 못 본다

뺨을 타고 주르륵 흘러내리는 마지막
말씀 한 줄기

싸늘한 배꼽이 따뜻한 배꼽에게 남기는
완벽한 유언

가장 새로운 과거의 말

—「보디랭귀지」 전문

　시인에게 가장 일차적인 감각기관은 당연히 언어일 것이
다. 작품을 이해하기 위해 노력하는 독자들에게는 어쩔 수
없이 가장 먼저 거쳐야 하는 관문이기도 하다. 하지만 언어
적 구성물을 이해하는 방식에는 기본적으로 의미의 결손
이 생기게 마련이다. 언어 자체가 자연적 대상과 그것을 인
지하는 인간 사이의 매개로 기능하기 때문이다. 언어적 변
용이 자유롭다는 점이 시문학의 특징임을 감안하더라도 이
역시 이미 허용된 범주에서 완전히 자유로울 수는 없다는
데에서 언어가 표상하고자 했던 의미와의 간극을 완전히
지울 수는 없다.

가령 일상에서 "꽃망울 터트리는 나무"를 보게 되었을 때 우리는 "간지럽단 말"을 통해 그 순간을 표현하고자 할 수 있을 것이다. 그것은 파도가 치는 '바다'를 만났을 때, 또는 무서운 상황을 마주하거나 말할 수 없을 정도의 추위를 경험하게 될 때도 마찬가지이다. 외부적 대상을 관찰하거나 일상의 경험 모두를 우리는 결국 언어화의 과정을 통해 간접적으로 수용한다.

하지만 시인은 매개로서의 언어를 사용할 수밖에 없는 숙명을 거슬러 대상과 직접 조우하기 위한 불가능해 보이는 방식을 선택한다. 대상의 의미를 포착하기 위해 구성된 언어의 사용을 포기하고 의미와 매개되기 이전의 대상을 감각하기 위해 온 힘을 기울이게 되는 것이다. 이처럼 대상을 표현하는 "말 대신" 대상 그 자체를 감각하기 위한 노력은 "복잡한 어순과 어휘 싹둑 잘라 낸 은유의 배꼽"을 향한다. 이때 '배꼽'은 의미의 기원이자 감각의 기원인 '자궁'과 하나였던 것을 상징하는 일종의 흔적기관이라고 할 수 있다. 따라서 '배꼽'을 지향하고 있는 시인에게 시 쓰기란 결국 대상과 분리되지 않고 하나의 감각 체계를 공유하고 있는 일종의 '몸말'을 익힌다는 것과 같은 의미가 된다.

2. 감각으로서의 시

대상을 직접 감각하는 이인원 시인의 '몸말'은 「웃음 까리」에서처럼 시간을 넘나드는 기억들을 여러 겹으로 교차시킨다거나, 인물들의 행위를 눈에 띄지 않을 만큼 작은 순간들로 분할하고 극대화하면서 결국 '오후의 한 골목길'이라는 평범한 배경을 입체적으로 만드는 데에 효과적으로 작동한다. 또한 「지중해」의 경우 서사적 진술을 극도로 제한하면서 '햇볕-햇살-햇빛'으로 이어지는 핵심 소재의 다양한 감각적 변용을 통해 이국에서의 경험을 전달하는 새로운 방식을 보여 주기도 한다.

멀쑥하게 쇤 쑥갓꽃
팔월의 태양처럼 이글거릴 때

(어지러움이 메스꺼움으로 쇠어 갈 때)

쑥갓꽃이 노랑을 다 짜 올려
팔랑대는 흰나비를 붙들 때

(급커브가 급브레이크를 부를 때)

흰나비 더듬이가
노란 꽃가루 범벅이 될 때

(온몸이 진땀으로 젖을 때)

부채질하던 노란 나비 날개
더 노란 햇볕 속으로 풍덩 멱을 감을 때

(신물이 목젖을 넘어올 때)

바람이 운동화 끈을 풀어

쉴 대로 쉰 쑥갓 대에 던져 놓을 때

(낡은 시외버스가 신작로에 나를 부려 놓을 때)

─「외가」 전문

제목에서 지시하는 것처럼 '외가'를 대상으로 하는 이 작품에서도 시인 특유의 감각은 우리에게 조금 다른 장면을 선사한다. 시인은 먼저 '외가'와 관련되어 있을 만한 구체적인 모습들을 삭제해 버리고 있다. 작품을 읽고 나면 '외가'라는 말이 공유하고 있을 법한 정서나 사건, 물리적 배경 등이 전혀 등장하지 않고 있다는 점에 조금 의아해지기도 한다. 그런데 이 작품의 모든 문장들은 '- 때'로 끝나는 조건절의 형태로 통일되어 있다. 따라서 우리는 "팔월의 태양처럼 이글거릴 때"와 같은 자연적 조건을 만나면 '외가'를 방문할 가능성이 높은 여름방학과 같은 시기를 상상하게 되거나, "팔랑대는 흰나비를 붙들 때"처럼 구체적으로 벌어지는 행위의 조건을 만나면 배경으로서의 '외가'가 있는 위치 또는 그곳에서 있었던 유년의 기억 등을 떠올리면서 자신의 경험을 시적인 상황과 견주어 보기도 한다.

희곡에서 볼 수 있는 지시문의 형태로 만들어진 연들이

교차 서술되는 부분은 특히 흥미롭다. 주로 신체의 부정적 반응이 표현되어 있는데, 가령 "온몸이 진땀으로 젖"게 되거나 "신물이 목젖을 넘어"오는 등 시적 주인공이 느끼는 육체적 긴장이 독자들에게 '외가'와 관련된 현장감을 생생하게 불러일으킨다. 또한, 내용 전개상으로는 '외가'로 향하는 여정을 느끼게 해 주는 시간적 서술에 해당되는데 독자와 반응하며 자유롭게 발산되는 감각의 세계를 이끌어 나가는 기능을 수행하고 있다.

이처럼 이 작품은 시적 대상이 가지고 있어야 할 정보의 양적 측면에서는 절대적으로 제로에 가깝지만, 바로 그 때문에 오히려 시적 대상을 적극적으로 환기한다. 앞서 확인해 본 시인의 '몸말'들이 시적 대상을 직접적으로 말하지 않으면서도 그것을 향해 있는 우리의 모든 감각들을 불러일으키기 때문이다. 이는 고정된 시적 대상에서 발산되는 의미들을 따라가던 감상의 방식에서 우리를 벗어나게 만들고 결국 우리만의 고유한 감각을 되살려 내는 데에 성공한다.

『그래도 분홍색으로 질문했다』를 읽어 가면서 우리 고유의 감각을 되살려 보는 일은 시를 읽어 왔던 그간의 방식이 언어가 만들어 내는 의미들만을 수동적으로 따라가는 것은 아니었는지 반성하게 만든다. 그만큼 이인원 시인의 작품들은 의미적 구성이 더 이상 불가능해지면서 오로지 자신만의 감각을 믿고 나아가게 만드는 일종의 경계 지점들에 집중하고 있다. 다음의 작품은 이와 같은 시인의 집중력을 잘 보여 주고 있다.

내가 너를 사무치게 그리워하는 순간에

손바닥이 발바닥이 되는 순간에

뜨거운 심장에 차가운 눈물 똑, 떨어지는 순간에
　　　　　　　　　　　　　　　　—「표면장력」 전문

　앞서 살펴보았던 것처럼 여기에서도 시인은 자신이 선택한 시적 대상에 이르는 감각의 긴장감을 최대한 활용하고 있다. 특히 이 작품에서 주목하고 있는 '표면장력'은 외부의 다른 조건들과 경계를 만들면서 스스로의 내면에 최대한 집중하고 있는 힘으로 설명될 수 있다. 따라서 그 자체에 관심을 가지고 있다는 것만으로도 사람마다 가지고 있는 고유의 감각을 되살리고자 하는 시인의 의도를 쉽게 받아들일 수 있게 된다. 누군가를 "사무치게 그리워하"거나 "손바닥이 발바닥이 되"어야 할 수밖에 없는 어떤 간절함을 다루고 있으면서도 이 작품은 그 상황에서 비롯하는 의미를 발산하는 것이 아니라 그 순간과 결부된 감각들을 최대한 응집시키고 있기 때문이다. 다소 짧은 형태의 소품처럼 쓰인 「빨강, 티셔츠」나 「에코」와 같은 작품 역시 시인의 특징이 직접적으로 드러나 있는 것에 주의를 기울이며 읽을 필요가 있다.
　특히 제4부의 앞에 배치되어 있는 다섯 편의 「홀소리들」 연작시를 빼놓을 수 없다. 한글 생성의 원리에서 홀소리가 폐쇄나 마찰 등의 장애를 거치지 않은 소리라는 정의는 누구나 잘 알고 있는 사실이다. 바로 이처럼 개인의 고유한 신체 내부에서 발생한 소리가 그 어떤 방해도 받지 않고 오로지 성대와의 만남과 진동에 의해 만들어진다는 점에서 '홀소리'는 자신만의 감각을 구현하고자 하는 시인의 의도와 정확히 부합한다.

하지만, 이것이 작품의 의미를 통해 전달되고 있지 않다는 데에 다시 한번 유의해야 한다. 실제 작품들을 읽어 가면서 일관된 의미의 흐름을 파악하는 것은 다소 불필요하다. 가령 'ㅏ, ㅑ'가 부제로 붙어 있는 연작시의 첫 작품인 「홀소리들 1」은 부제인 'ㅏ, ㅑ'를 하나의 감탄사처럼 받아들일 수도 있다는 것을 전제로 연상된 상황의 묘사가 중심이라고 할 수 있기 때문이다. 또한, 'ㅗ, ㅛ'가 부제로 되어 있는 「홀소리들 3」의 경우 작품이 다시 "잠자리 겹눈으로 본 한낮의 풍경"과 "으름밤나방 겹눈으로 본 한밤의 풍경"을 기준으로 나뉘어 있는데, 각각은 'ㅗ'와 'ㅠ'를 마치 상형문자처럼 인식한 뒤 그것의 상형성에서 비롯된 장면들을 새롭게 창조해 내고 있는 것처럼 보일 따름이다. 연작으로 되어 있는 다른 작품들도 모두 마찬가지이다. '홀소리'는 작품 전체를 관통하는 핵심적 모티프이자 상징적 이미지로서 우리의 감각기관을 통해 자유롭게 흘러나오는 최대한의 가능성을 이끌어 내고 있다. 그리고 이는 어절과 구문들이 정보를 축적하는 기본 단위로서 그것이 생성하는 의미를 따라가던 시 읽기의 보편적인 방식에 의문을 제기한다.

3. 가능성의 감각

인터넷과 같은 전자망을 통한 정보 전송 방식이 개념으로만 존재했던 시절에 이미 매클루언은 '가속화'가 사회 변화의 가장 큰 충격 요인이라고 지적했다. 상호 교환으로 이루어지는 인간 사회의 모든 것들에 속도가 우선의 목표로 설정되면 교환의 형식은 물론이고 그 내용도 달라질 수밖에 없을 것이다. 오로지 속도를 위해서 등가교환이 사회 전반의 원칙으로 확산되는 것이다. 이제 교환되기 이전의 상황이나 가치 등 모든 변화 가능한 요소들은 발신과 수신의 대칭을 위해서 간단히 삭제된다. 이 때문에 정보의 양은 유례가 없을 정도로 증폭(amplification)되지만, 우리의 인식은 그만큼 차별적 가치들의 체계와 절단(amputation)된다.

시를 읽는 행위가 등가교환의 원칙에서 벗어나 새로운 가치 체계를 형성하는 일처럼 보이게 만드는 것도 바로 정보 전달 차원의 언어 사용에 무관심한 시문학의 특징 때문이다. 언어와 시인 사이 그리고 시 작품과 독자 사이에 존재하고 있었던 의미의 길에서 벗어나고자 하는 이인원 시인은 바로 이처럼 교환이 원천적으로 불가능한, 이른바 비대칭의 지대를 발견하기 위해 한 걸음 더 나아가고 있다. 그것은 먼저 '죽음'에 대한 관심으로 나타난다.

모르겠다,
언제 꽃이 피고 졌는지 또 꽃이 피고 질런지

누가 봐 줄 거라 믿고 꽃이 피나
아무도 안 볼 거라 단정하고 꽃이 안 피나

꽃소금과 소금꽃 사이
짠맛 하나로 일생을 허비했는데 그게 마지막 문제라 한다

뒤돌아보고 첫 문제로 되돌아갔거나
뒤돌아보지 않고 마지막 문제까지 마쳤거나

이미 동굴 벽 다 점령해 버린 허연 도배지 앞
창세기는 다시 시작됐다

모르겠다,
피고 지고, 믿고 안 믿고의 사지선다에서 벗어나
그냥
이 자리에 소금 기둥이 되어도 좋겠다

—「소금 광산」 전문

　　우선 이 작품의 소재인 '소금'에 집중해서 그것의 의미
생성 과정을 살펴보자. 인간이 사용하는 자연의 물질들이
대부분 그렇듯 다른 성분들과의 구별과 삭제를 통해 소금
은 생산되고, 그렇게 생산된 소금은 다시 자신의 형태를 변
형하는 것으로 그 쓸모를 다하게 된다. 마치 단어를 고르고
다듬어서 문장을 만들고 그것이 다시 맥락 안으로 들어가

고 나면 단어적 차원을 벗어남으로써 의미로 소통되는 과정과 흡사하다. 언어와 소금을 사용하면서 살아갈 수밖에 없는 우리의 삶은 결국 다양한 가치들 사이에서 어느 한쪽을 훼손해야 하는 선택을 지속해 나가야 한다.

따라서 의미를 부여하고자 하는 강력한 욕망이 발현되는 순간들은 죽음과 언제나 한 쌍을 이룬다. 그것은 죽음이라는 사건으로 도래할 모든 의미의 정지가 불러일으키는 상황의 반작용으로도 볼 수 있다. 그 어떤 의미도 수신될 수 없고 따라서 되돌아오지도 못한다는 점에서 죽음은 우리에게 의미의 비대칭이 가장 심화되는 경험을 제공한다.

시인은 그간 삶과 죽음을 구분해 왔던 경계를 확장하면서 "모르겠다"는 선언으로 의미 선택 과정에 파산을 선언한다. 「나무는 무릎이 없다」나 「유작전」 「번개탄」과 같은 작품 역시 같은 의도로 볼 수 있는데, 결국 경계의 확장을 통한 가치판단의 중지는 의미와 분화되지 않은 언어를 사용하던 상태, 즉 '창세기'를 "다시 시작"하게 만든다.

시인의 '창세기'를 의미화가 출발하는 지점으로 오해하지 않도록 주의할 필요가 있다. 이는 시 안에서의 표현 그대로 "사지선다에서 벗어나"서 "소금 기둥이 되"고 싶게 만드는 공간을 말한다. 기존의 인식 체계에서라면 '소금 기둥'은 의미 전달의 실패에 따른 형벌에 불과하다. 하지만 가치판단이 중지된 공간으로서 '창세기'가 이른바 의미의 진공 상태라고 한다면 이때의 '소금 기둥'은 오히려 일방적인 의미화의 작용이 힘을 멈춘 하나의 상징이라고 볼 수 있을 것이다. 그리고 이 같은 상징은 당연하게도 의미의 체계를 확립하는 기준들의 억압적 힘 사이로 우뚝 솟아오른다.

카운트다운은 없었다 아마
드물게 발생하는 오작동 점화였을 것
워낙 돌발 상황이라
동체는 물론 주변까지 심하게 요동친다
어쩌면 찔끔 냉각수가 새어 나와
고무 밸브 주변을 적셨을지 모른다
작은 꽃잎 모양 배기구로부터 터져 나오는
저 거리낌 없는 폭발!
다만 조금 전
페인트를 듬뿍 묻힌 앙증맞은 솔 하나로
군데군데 색이 벗겨진 입구를
빨갛게 덧칠했을 뿐인 여자
우윳빛 본차이나 찻잔 서너 개에
페인트 자국 선명하고
정갈한 테이블클로스 위로
수북하게 떨어지고 있는
유쾌한 꽃잎들
화려한 오후의 완전연소
파안대소(破顔大笑)!

―「빨강, 페인트 자국」 전문

136

이 작품은 '여자'에게서 벌어지는 특정한 사건들을 다루고 있지만, 앞에서 살펴보았던 작품들을 통해서 우리가 알게 된 것처럼 시인은 그것이 포함하고 있는 의미들에 전혀 관심을 두고 있지 않다. 그것이 무엇이든 "오작동 점화"로 인한 "돌발 상황"이었음에도 불구하고 이 갑작스러운 상황을 겪고 있는 누군가의 감정이나 내면도 시인에게는 중요하지 않다. 오히려 시인은 '냉각수'나 '고무 밸브', 또는 '배기구'와 같은 단어들로 이 상황을 묘사함으로써 신체의 현상이라는 특수한 조건을 삭제해 나간다.

이와 같은 삭제의 과정은 의미를 생성하는 축적과는 다른 방향으로 작동하면서 결국 우리 사회 전반에 걸쳐 작동하는 성별의 메타포에 이르기까지 자연스럽게 확장된다. 성별의 메타포는 어느 사회에서도 의미를 산출하는 가치 기준으로 작동하면서 그에 맞춘 이미지를 생산하기도 하고, 생산된 이미지를 다시 수용하게 만드는 체계로도 작동한다. 펠스키(R. Felski)의 경우 이에 맞서 단순히 대안적이거나 초월적 체계를 형성하는 것과는 다른 방식의 저항을 언급한다. 그것은 사회적으로 산출되어 왔던 의미들을 하나하나 삭제해 가면서 그것이 생성되던 근대 초기의 역사적 시간에까지 거슬러 올라가는 것을 의미한다.

이인원 시인이 이 작품에서 보여 주는 '삭제화의 과정'이 바로 이와 같은 방식과 연관되어 있다. 사회적으로 선정된 메타포는 언제나 억압적 이미지를 형성해 나간다. 시인은 바로 이와 같은 의미의 방향성을 의도적으로 거부함으로써 새로운 가치가 부여될 가능성을 예비한다. 이는 기존의 의미들을 "완전연소"시킴으로써 '빨간색 페인트'나 "꽃잎"과 같은 단어들을 만났을 때에도 은유적 관계에 얽매이지 않고 새로운 세상을 다시 만드는 '창세'의 가능성들이 될 수 있는 자유를 부여하게 되는 것이다.

이제야 우리는 다시 돌아와 시집의 처음에 도착했다. 이곳은 우리에게 익숙했던 언어의 의미 생성 기능이 삭제되어 버린 곳, 따라서 대상과 직접 결부된 감각의 '홀소리'만이 가능성으로 존재하는 '창세'의 시공간이다. 여기에서 우리는 그간 파악해 온 의미들의 체계가 억압의 구조에 일상의 순간들을 희생시키고 얻어 낸 결과물이었다는 사실을 알게 된다. 시인은, 여전히, 아무것도 만들지 않으며, 어떤 것도 약속해 주지 않고 있다. 우리는, 이제 막, 의미의 중력에서 풀려나 우리의 감각으로만 가능한 자유로운 유영을 시작할 수 있을 뿐이다.